KB043263

너의 슬픔에 입 맞춰준 적 있는가

너의 슬픔에 입 맞춰준 적 있는가

양광모 시집

푸른길

날개 달린 식물,
이것이 최근 시를 바라보는 나의 태도다

긴 세월 나를 위해
시가 울어 주기를 바라 왔으나

이제 남은 날들은
시를 위해 내가 울어 주리라

그러면 그 시들이
당신을 위해 울어 주겠지

● 차례 ●

Ⅱ. 바다 하나 건너는 일 아니겠는가

Ⅲ. 너를 강이라 불러도 되는가

I

너의 슬픔에
입 맞춰준 적 있는가

애기동백

너의 슬픔에 입 맞춰준 적 있는가

애기동백 앳된 얼굴에
자석처럼 끌려
홀린 듯 황홀히 입을 맞추면
문득 들려오는 소리

너의 눈물에 입 맞춰준 적 있는가

엄동설한에 피어나서도
세상을 향해 방긋방긋 웃고 있는
애기동백을 보자면
스스로 사랑하지 못할 삶도 없을 것인데

너의 겨울에 입 맞춰준 적 있는가

눈보라 휘몰아치던 너의 생 어느 날에
붉은 입술로 입 맞춰준 적 있는가

그토록 내가

그토록 내가 삶에서
간절히 바라던 것은 무엇이었나
풍문이 되는 것
사라져 버리기엔 너무 서럽고
드러내기엔 너무 위험해
안개처럼 출몰하는 것
환영처럼 넘나드는 것

그토록 삶이 내게
간절히 요구한 것은 무엇이었나
실재하는 것
안개든 밤이든 청춘이든
태양의 화살을 맞으며 쫓겨 가더라도
고유함을 지키는 것
섣불리 무너지지 않는 것
그러면서도 시간의 본질에 무한한 기쁨을 느끼는 것

지금까지 얼마나 많은
슬픔과 고독이 필요했나

이제야 하늘과 산과 바다의

낮은 목소리를 들을 수 있느니

삶과 내가 그토록 서로에게

간절히 알려 주고 싶어 한 것은

모든 순간을 사랑할 것

모든 순간에 사랑할 것

한순간도 사랑을 의심하지 말 것

삶이 그토록 내 품에 안겨 주려 애쓰고

내가 그토록 삶을 가득 채우려 애써 온 것

오직 사랑이었다는 것

저녁의 시

급한 일이라도 있는지
어둠보다 별이 먼저 도착한 저녁

거미가 보따리를 풀듯
그리움을 허공에 풀어놓는다

내 비장히 노린 것은
사랑이었으나

먼저 걸려든 지구가
퍼드득퍼드득 몸부림을 친다

밤이여,
서둘러 나의 비애를 덮으라

우리는 무슨 일로 그리합니까

우리는 무슨 일로 사랑합니까
봄을 맞은 나무가 꽃을 피우는 일
새들이 들판에 내려앉는 일
강물이 바다로 흘러드는 일
어둠 속에서도 별이 반짝이는 일
매일 아침 해가 떠오르는 일

우리는 무슨 일로 이별합니까
겨울을 맞은 나무가 잎을 떨구는 일
새들이 허공으로 날아오르는 일
강물이 강을 떠나는 일
어둠 속에서 별이 떨어지는 일
매일 저녁 해가 지는 일

세상은 눈부셔도
누구나 생은 눈물겨운데
사람아, 우리는 무슨 일로 그리합니까*

천둥과 번개의 일

한 계절의 일
천 년의 일

*김소월 시 '개여울'

경계를 경계하다

늘 경계할 것
지금, 또는 여기쯤이 아닐까

강이 바다가 되는 경계
들판이 산이 되는 경계
만남이 이별이 되는 경계
삶이 죽음이 되는 경계

조심스레 넘을 것
다시 되돌아가지 못하며
생의 눈부신 꽃 그 즈음에 만개하느니

알이 새가 되는 경계
얼음이 물이 되는 경계
밤이 낮이 되는 경계
아이가 어른이 되는 경계

사람이 사람에게 내어 주는 경계
사랑이 사랑에게 내어 주는 경계

깎아 주기로 했다

세상에!

긴 세월 살다 보니
나이를 깎아 주는 일도 있구나

이리저리 그 뜻 짚어 생각해 보니
스스로 그러지 말라는 법도 없겠기에

깎아 주기로 했다
여기까지 오느라 정말 애썼다며
열 살이나 스무 살쯤

돌덩어리도 시간이 흐를수록 둥그러진다는데
나이를 먹을수록 뾰족히 모나는 마음
깎아 주기로 했다

잠시만 한눈을 팔면
잡초처럼 무성히 돋아나는 욕심
깎아 주기로 했다

하늘에게서나 사람에게서나

내 생에 반드시 받아야 한다고 믿었던 것들

모두 깎아 주기로 했다

나는 젊어서 죽으리라

나는 늙지 않으리라
젊어서 죽으리라

머리 하얗게 변해도
마음 늘 푸르고
주름살 깊게 패여도
영혼 언제나 단단하리라

나는 늙어서 죽지 않으리라
어제보다 젊게 살다
어제보다 젊어서 죽으리라

살아 있는 모든 것은
늙고 병들어 마침내 세상 밖으로
사라진다 말하지 말라

나는 영원 속으로 사라지지 않으리라
나는 오늘을 영원히 살리라

풀잎

큰 나무에게 물어보았네
인생의 슬픔과 고통을 어찌해야 하냐고

그는 이리 말했네
참고 견디고 싸워 이겨라

작은 풀잎에게 물어보았네
그는 이리 말했네

오늘의 슬픔은 오늘로
오늘의 아픔도 오늘로

힘을 냅니다

인생이란
종종 운명과의 한판 승부

가위 바위 보 중에서
그가 무엇을 낼지는 모르겠으나

나는 언제나
용기를 냅니다

나는 언제나
힘을 냅니다

희망이 젖지 않도록

가슴까지
목까지
눈까지 차올라
조금만 숙여도
터진 둑처럼 눈물이 쏟아질 것 같을 때

고개를 높이 들고
푸른 하늘을 바라볼 것

희망이 젖지 않도록
희망이 날아오르도록

백련사

백련사 동백숲을 걷다
꽃무덤 하나 쌓았다

동백이여,
이 세상에서 꽃으로 살았기에
죽어서도 그 몸 흐트러뜨리지 않는가

꽃이여,
저세상에서도 동백으로 태어나려
그 몸 흩지 않는가

백련사 동백숲을 걷다
꽃탑 하나 쌓았다

비상

안개 낀
뿌연 잿빛 하늘

굵은 날갯짓으로
새 한 마리 날아오른다

배경으로는 살지 않겠다고
세상의 뺨을 힘껏 후려치며

비 1

이 나라의 국경으로 가자
왼쪽 어깨로는 빗방울이 떨어지고
오른쪽 어깨로는 햇볕이 내려앉는 곳

전 생애가 비에 젖거나
빗물에 휩쓸려 떠내려가는 듯해도
생의 절반은 햇살인 것

이 나라의 외곽으로 가자
중심이 가장 선명히 보이는 곳
무지개 다시 떠오르는 곳

비 2

젖은 시간이
찢겨져 나가면

꽃도 울고 풀잎도 울고
돌도 운다

누가 집어던지는가

면도날보다 날카로운
비수悲愁를 가차 없이 겨누는 이

감쪽같이 환부만 도려내어
빗물에 퉁퉁 불려 내는 이

종내 너인가

사랑이여

비 3

유리창을 사랑하기로
무슨 일이 가당키나 하겠느냐

백 방울, 천 방울, 만 방울
온몸을 던져 유리창에게 뛰어들어 봐야
뜨겁게 품에 안아 보지도 못한 채
찰나에 바닥으로 굴러떨어질 뿐이겠다만

얼굴을 말갛게 씻어 주는 것만으로도
죽는 날까지 후회 없을 사랑이라는 말
그 또한 가당키는 하겠느냐

뿌리

푸른 하늘을 꿈꾸지 말 것
해와 별, 새에 대해서는 잊을 것
정상의 동의어가 정하임을 믿을 것

땅의 심장까지 전진할 것
불이 다스리는 나라로 입국할 것
어둠의 중심부에 가장 눈부신 빛이 있음을 믿을 것

누군가는 운명이라 부르겠지만
다만, 길이라 부를 것

그 길에 뿌리를 힘껏 내릴 것

눈꽃

꽃이라 부르지만
너무 많이 피어나면
가지 부러져 버린다

슬픔이여, 천천히 내려앉으라
내 팔 아직 여위느니

생의 겨울에도
꽃피우는 일을 멈추진 않으련만

동백

유배라도 풀린 건가

봄 여름 가을
세 철을 문 걸어 잠근 채 꼼짝 않더니
첫눈 내리는 날
집을 나선다

이 시절에야 입술 빨갛게 바른
심사를 누가 알겠는가마는
해볼 테면 한번 해보자는 게지
순백의 세상에나
얼굴을 내밀겠다는 붉은 결기

인동의 꽃이여 투쟁의 꽃이여
자유 만세!

유배지에서

꽃 피고
따스한 밥 먹고
붉은 사랑 나눴네

새의 날갯짓 꿈꾸고
별을 향해 손 뻗었지

생각해 보면 동그라미
하나 그려 놓은 일이 유배인 것을

죽음이란 그 동그라미
훌쩍 벗어나는 일인지도 모르는 것을

신이 그어 놓은 동그라미보다
인간이 그어 놓은 동그라미가 더 많다는 것을

눈

누가 알겠는가
인간들이 환영의 미소를 지으며
두 손을 흔들어 반기는 저것이
천상에서 쫓겨나
천길만길 떨어져
마침내 유배지에 도착한 죄인인 것을

그러나 또 누가 알겠는가
이미 유배지에서 살아가고 있는 인간들의
한나절 마음이나마
희고 맑게 씻어 주려는
신의 애끓는 눈물인 것을

저기, 아기 예수가 오시는도다

먹을 갈다

먹 두 개 가는 일이다

울먹 곱게 갈고
먹먹 힘껏 갈아

생의 화선지에
수묵화 한 점 그리는 일이다

서먹한 날 아주 없지 않겠으나
먹물 한 방울도 저리 넓게 번지는 걸

여백은 또 얼마나 눈부신 삶이랴
뜰먹뜰먹 살아가는 일이다

의지

한 시절 붉은 의지로 강을 건너왔으나

이제는 연둣빛이거나
흰 목련빛

나무가 버팀목에 기대듯
어깨가 어깨에 기대듯
별이 별에 기대듯

사상은 놓아주고
사람 하나 단디 붙잡아

가시가 꽃에 기대고
겨울이 봄에 기대고
죽음이 사랑에 기대듯

아직도 파도 치는 나의 숨결이 너의 숨결에 기대며

목숨이 목숨에 기대어

눈물의 어원

영혼에 쏟아지는
눈이 녹으면 흘러내리는 것이다
너무 추운 겨울에는
외려 녹지를 않고
햇살이라도 살짝 비치는 날이면
살금살금 녹아내리다가
마침내 봄이 찾아오면
일제히 녹아 흘러내리는 것인데
눈물 많은 사람아, 괜찮다
그대 영혼에 폭설이 쏟아졌던 것이다
이제 다시 봄이 찾아오는 것이다

꽃의 체온

몇 도일까

얼굴에 미소
피어나게 만드는 온도

가슴에 희망
끓어오르게 만드는 온도

꽃망울 폭죽처럼 터져
세상에 향기 퍼뜨리는 온도

화들짝 봄마다 심장을 데이게 만드는
저 환희의 온도

사람아,
우리가 딱 그만큼은

꽃그늘 서성이네

벚꽃나무 꽃그늘 아래
하루를 서성였지
이제 나도 조금은 착해지겠네

얼굴 어깨 가슴에
꽃잎 수수히 떨어졌지
이제 나도 조금은 마음 곱겠네

꽃이여,
이제 나도 조금은 아름답게 지겠네

화답 花答

꽃이여,
보잘 것 없는 세상에
무얼 위해 얼굴을 내미는가

보아라
나로 인해 얼굴 가득
웃음꽃 활짝 피어나는 사람들을

너희가 저마다
한 송이 꽃으로 살아간다면
사람아, 세상이 어찌 꽃 한 바구니만큼의 향기가 없겠느냐

바람이 없다면

나뭇가지와 잎들은
어떻게 춤을 추고

깃발은
어떻게 울고

배들은
어떻게 먼 나라의 항구로 떠나겠는가

부드럽고 강하며
뜨겁고 차가운
빠르면서도 느린 위대한 그가 없다면

새들은
어떻게 허공에 멈춰 생각에 잠기고

꽃들은
어떻게 땅으로 돌아가고

라일락 향기는

어떻게 사랑하는 연인에게 날아가겠는가

인생에서 방향을 잃을 때

사람은 그 무엇에게 길을 물어보겠는가

꽃

사람처럼 살아 봤으면

어디든 걸을 수 있고

해와 별과 노을을 보고

귀뚜라미와 참새와 고양이 소리를 듣고

사랑하는 사람의 얼굴을 어루만지며

사랑한다, 가슴 떨며 고백할 수 있는

사람처럼 한번 살아 봤으면

꽃처럼 살고 싶다는

저 마음 어여쁜 사람처럼 살아 봤으면

꽃에게 묻다

꽃이여
너도 우는가

꽃 질 날 되었다고
비에 온몸 젖는다고
바람이 긴긴날 모질게도 분다고

눈물도 없이 소리도 없이
꽃이여 너도 우는가

너를 보면 얼굴 가득 웃음 짓는 사람 있어
그대만이라도 행복하라
애써 울음소리 이겨 내며

꽃대궁 속으로만
맑은 눈물 흘려보내는가

나무처럼

예쁘구나
꽃이여

장하구나
뿌리여

사람아,
나무처럼만 살자

손

천장이 아니더군

바닥만이 쥘 수 있다는 걸
바닥끼리 손을 맞잡는다는 걸
바닥에서 받고 바닥에서 준다는 걸
바닥을 모을 때 불끈 희망이 솟는다는 걸

뒤집어 보면 바닥의 반대는
등이더군

산등성이 하나 오르는 일
바닥에서부터 시작이더군

상처를 위한 시

누군가 그대를 작은 나무라고
말하는 날이 있을 것이다
그때 한 뼘 더 자라나라

누군가 그대를 얕은 냇물이라
말하며 비웃는 날이 있을 것이다
그때 한 줄기 더 물살을 불려라

누군가 또 그대를 낮은 언덕이라
말하며 등을 돌리는 날이 있을 것이다
그때 한 능선 더 훌쩍 일어서라

사람들은 끊임없이 네게 말하리라
무시하지 말고 귀를 기울여라
그러나 네 자신의 귀로 들어라

누군가 그대를 볼품없는 그릇이라
말하는 날이 찾아올 것이다
바로 그때 햇살과 바람, 별빛을 더욱 가득 담아라

II

바다 하나 건너는 일
아니겠는가

인생

어쩌겠는가

해도 안 되는 일이 있는 것을

수십억 년째 동쪽에서만 뜨는 것을

항구

서울에서 내려온
완행열차 하나
여객선 매표소 앞에 줄 서 있다

어디로든 가야 했으나
어디로 가야 하는지 알 수 없었던
꽃과 불의 날
기적 소리처럼 허공에 흩어지고
새우깡 한 봉지의 무게로 남은
녹슨 기차 한 량

이제 그만 선로에서 벗어나겠다고
발 딛고 살 곳이 어찌 땅뿐이겠느냐고

하루하루가 모두 항구였다고

배

누구나 한 척 있지

그대 지금 어디로 밀고 가시는가

여행

집 안에 있거나
길 위에 있거나

사람은 누구나 여행자
지구를 타고 우주를 흘러간다

더 지혜로운 별들이
침묵의 목소리로 속삭이느니

보아라 그대 눈에 익숙한
낯선 세상을

떡볶이

사는 게 다 그렇지
누구나 전쟁터 아니겠는가

펄펄 끓는 물 속에
뒤돌아볼 겨를 없이 뛰어들었고
맵디매운 고춧물
온몸에 뒤집어쓰며 살아왔지만
김밥, 순대, 튀김, 누구에게도
벌리는 손 야박하게 거절한 적 없었네

나이 드니 불어터졌다, 구박 받기도 하지만
그런들 배부른 소리 할 때 아직 아니지
내 새끼들 떡하니 사는 날까지

사는 게 다 그렇지
바다 하나 건너는 일 아니겠는가

해장국

사는 기 왜 독한 술 같을 때가 있잔혀
그런 날엔 해장국 한 그릇 먹는 겨
뜨신 국물에 공기밥 텀벙 말아
후루룩 게 눈 감추듯 먹는 겨
그러면 뱃가죽 깊은 곳에서
장해, 장해, 소리가 들린다니께

사는 기 왜 아주 지랄 맞을 때가 있잔혀
그런 날엔 해장국 한 그릇 뚝딱 해치우는 겨
뚝배기 밑바닥까지 빡빡 긁고는
장해, 장해, 일없이 내뱉어 보는 겨
어깨 한번 으쓱하고는
거리로 나가는 겨

변명

내가 조금 늦게
이 별에 도착한 게다

늘상 뒤처져
어찌해도 따라잡지 못하는 걸 보면
이 별에 서너 계절은 늦은 게다

그러나 별이여
조금 일찍 네게 도착했다 해도
더 이상의 별빛이야
내 가슴에 그러모을 수 있겠느냐

조금 더 별빛을 그러모은들
내 영혼이 지금보다 더 맑게 반짝일 수 있겠느냐

각설 却說

허공에서 녹거나
땅에 닿자마자 녹아 버린다

더러는 한나절
더러는 하룻밤을 견디다 녹고
어쩌다 한 계절을 지내다 녹고
드물게는 만 년의 세월 후에야 사라진다

사람아,
그런들 눈의 수명이 부럽겠느냐

하늘에서 땅까지 떨어져 내리며 추는 춤
그 시간만이 참 인생인 것을

졸업

꽃다발 가슴에 안고
교문을 쏟아져 나온다

눈부셔라
한 매듭과 새 시작이여

우리 생을 졸업하는 날도 저러하기를

꽃다발 건네받으며
이 세상 밖으로 걸어 나가기를

강을 졸업한
강물이 바다가 되듯

우리 사람을 졸업하는 날
더 깊고 넓은 존재가 되기를

그리 섭섭하진

버스 몇 번 놓쳤을 뿐

사랑이 몇 걸음 앞서 갔거나
내가 몇 발자국 느렸을 뿐

꽃이 피었는데
겨울이 잊고 간 물건을 되찾으러 돌아왔을 뿐

무슨 이야기를 나누느라
별들이 밤새 반짝이는지 궁금했을 뿐

그리하여 일출 몇 번 놓쳤을 뿐

간혹 소나기에 젖었을 뿐

옷을 말리는 동안
무지개가 반드시 일곱 색깔일 필요는 없다는 생각이 들었을 뿐

그리 눈 흘기진 않았다

망각력

살아 보니 이내 잊어버리는 게
으뜸이던 날 많았지

봄꽃 피는 기쁨보다
가을 낙엽 지는 슬픔을
슬금슬금 잘 잊어야 생이 단단해지더군

묻어야 좋을 일을
순순히 떠나보내는 힘
사랑과 행복이 모두 여기에 달렸더군

잊어야 할 일은 기억하고
기억해야 할 일은 정작 잊으며
그대 뒤죽박죽 살고 있는 건 아닌지

망각도 큰 힘이거늘
그대 잘 잊고 있는지

처음

처음으로, 처음에게 빌고 싶었다

너도 알 게 아니냐고, 처음이었지 않냐고

가장 낮은 음계에서 태어났지만 가장 높은 하늘까지 울려 퍼지는 노래이고 싶었던 사람이 처음이었겠느냐고

처음처럼, 소주 두세 병 사는 것으로 안 되겠냐고

처음으로, 처음에게 무릎 꿇고 싶었다

그러나 보라

오늘은 오늘의 처음, 지금은 지금의 처음, 시간은 시간의 처음, 처음은 처음의 마지막일 뿐이니

처음으로, 마지막까지 든든해졌다

새해

새처럼 가볍게

삶의 어깨에 쌓이는 바윗돌들을
살며시 땅에 내려놓으며
언젠가 모두 지나가 버릴 시간을
너무 무겁지 않게

해처럼 뜨겁게

삶의 어깨에 쌓이는 눈송이들을
한손으로 툴툴 털어 버리며
언제나 다시 돌아오는 또 한 해라도
너무 차갑지 않게

새해는
새가 해를 향해 날아가듯

이른 아침 이제 막 떠오른 해를 향해
새가 날아가듯

새해에는

선 하나 그었다고
달라질 일이 많겠는가마는
새해에는 꽃 한 송이 더 심어 보자는 것이다
새해에는 새 한 마리 더 먹여 보자는 것이다

새로운 한 해에도
새로운 슬픔이 찾아오고
새로운 아픔 또한 마주쳐야 하겠지만

지나간 묵은 일에
마침표 하나 힘주어 찍고
새해에는 촛불 하나 더 밝혀 보자는 것이다
새해에는 별 하나 더 찾아보자는 것이다

숫자 하나 바뀐다고
세상이 바뀌기야 하겠는가마는
새해에는 밥 한 그릇 더 나눠 먹자는 것이다
새해에는 노래 한 곡 더 힘껏 불러 보자는 것이다

3월

겨울은 순순히 왕좌를 내주려 하지 않고
봄은 하루빨리 왕관을 쓰고 싶어
꽃과 나무, 개구리와 나비를 재촉한다

딴청을 피우던 3월이
장난기 가득한
처녀아이의 표정을 지으며 말한다
– 누가 더 저를 사랑하는지 보여 주시겠어요?

하늘에서 때늦은 눈이 쏟아지고
땅에서 때이른 꽃이 피어난다

그대도 알겠지?
3월이 얼마나 사랑스러운 여인인지

3월이 오면

3월이 오면
나는 아직 얼어 있는 대지를
발로 쿵쿵 구르며 말하리
풀들이여, 일어나 봄을 맞으라

3월이 오면
나는 마른 나뭇가지를
손으로 톡톡 두드리며 말하리
잎들이여, 깨어나 봄을 맞으라

인생에선들 어찌 겨울 없으랴
길고 어둡고 차가운 눈보라의 날이 가고
마침내 3월의 첫날이 오면

애써 참고 견뎌 온
내 영혼에 입 맞추며 말하리
꽃이여, 이제 활짝 피어나 봄을 맞으라

8월의 기도

나의 잎을 무성하게 하소서

더욱 넓은 그늘로
지친 사람들을 쉬게 하시고
더욱 높은 우듬지로
어린 새들을 지켜 주소서

눈물 흘리는 이를
나의 가슴에 기대게 하고
먼 나라를 꿈꾸는 이를
나의 어깨에 올라서게 하소서
사랑하는 연인들에게는
나의 머리 위로 뜨는
고요한 별들을 바라보게 하소서

이제 곧 나의 빛이 바랠 것을 압니다
슬픔 없는 따뜻한 이별을 허락하소서

영원한 잠에 드는 날에도

8월의 태양을 잊지 않으리니

내 마지막 녹음의 노래를

시들지 않고 더욱 푸르게 하소서

겨우살이

겨우
살아 보자는 게 아니다

겨우내
동청冬靑의 꿈 잃지 않느니

겨우
이까짓 고난쯤이라는 게다

겨우 이제야
땅을 벗어나 하늘에 닿았다는 게다

안개 1

누가 목줄도 없이
풀어 놓았나

사방팔방 뛰어다니며
으르렁거린다

거기 숨어서 우는 자
누구냐

거기 세상을 훔치려는 자
누구냐

무리를 지어 떼로 몰려다니며
큰 소리로 짖는다

거기 걷히지 않는 어둠이
어디 있느냐

안개 2

세상 길 모두
허방이었구나

머리를 풀어헤치고 덤비는 데야
이길 재간이 없다

이 여자야, 내가 졌네

죽음만이 거두어 갈 수 있는
슬픔이 있다

안개 3

집 한 채 짓겠다

벽도 문도 창도
천장도 바닥도 모두 같은

몸을 누이면
둥둥 떠다니겠지

들이마셨다 내뱉고
내뱉었다 들이마시며
기도를 뒤섞겠다

꽃과 불을 넘겨주고
의탁하겠다

영원히 모호하겠다!

어느 날 안개가 찾아와

입과 코, 귀와 눈이 있는 자여

두 손이 있어 꽃을 만질 수 있고 두 발이 있어 바다로 걸어갈 수 있는 자여

불을 두려워하지 않고

어둠이 오면 잠 속으로 피할 수 있고, 잠 속에서도 꿈을 꾸는 자여

아기였다가 청년이었다가 노인의 모습으로 변하는 자여

사랑, 우정, 국가, 인류, 숭고한 제단 앞에 무릎을 꿇고 일생을 기도하는 자여

과학, 기술, 문명, 진보의 축배를 들며 스스로의 어깨를 자랑스럽게 두드리는 자여

희망, 용기, 도전의 횃불을 높이 들고 전진하는 이여

그러나 늘 우는 자여, 걱정의 샘이여, 후회의 우물이여, 원망의 폭포요, 분노의 번개요, 욕망의 천둥인 자여

그대, 단 하루라도 나와 함께 걷지 않으려는가

영원한 허무의 안식 속을

월동 배추

바람 매섭게 불어
밤은 더욱 길었으리
모질게 내리는 눈
세상을 덮어
한 치 앞도 가늠키 어려웠기에
그저 치마폭으로 꽁꽁 감싸며
어린 새끼들 가슴에 끌어안았으리
나는 어찌 되어도 좋다,
입술 깨물고 이 악물며 견뎠으리
등과 가슴 모두 얼어붙었으리
하여 마침내 봄은 왔는데
자식들 먼길 떠나보내고
어머니, 저기 겨울 밭에 홀로 누워 계신다

강

강이 운다

하류에 닿은 강이 운다

졸졸거리던 날 있었으나

종내는 몸집이 불어난 강이 운다

바다 앞에서, 바다를 지척에 두고

아직은 더 강이고 싶다며

침대 위에 누워 등 돌리고 흐느낀다

긴 세월 더 깊고 넓어졌는데

더 큰 목소리로 운다

강이여, 별일 아니다

시냇물도 강이 두려워 울었느니

빗방울도 두려워 울며 하늘에서 땅으로 떨어졌느니

돌아눕다

어느 바다로 떠나시는가
밤의 징검다리라도 건너시는가
빗줄기 보이지 않아도
빗물 흐르는 소리 넘실넘실 들리는데
긴 한숨 만리장성 켜켜이 쌓아 놓고
돌부처 와선에 드시는가

등 돌리고 떠나는 게 사람뿐이겠는가
얼굴을 보여 주기 싫은 게 이별뿐이겠는가
꽃도 땅에 떨어지면 돌아눕지만
바람 불면 다시 돌아눕는 것을

어둠에 등 돌리면 빛인 것을
한 번 더 돌아누우면 되는 것을

먼 곳에서도 부디 행복하길

꽃다운 사람아
너는 어디로 갔는가
나는 아직도 믿겨지지가 않아 운다
운명은 너무도 잔인하구나

별 같은 사람아
너는 어디로 가는가
나는 아직도 너를 찾아 헤맨다
하늘은 너무도 무정하구나

이 세상 가장 큰 울음으로 나는 운다
나의 뜨거운 눈물로
너의 손과 발, 얼굴을 씻겨 주고
너의 차갑게 식어 버린 심장에
한 가닥 따스한 온기를 더해 주고 싶어
이 세상 가장 깊은 슬픔으로
엉엉 엉엉 나는 운다

그러나 사랑하는 사람아
너를 위해 나는 울음을 멈추리

네가 걸어가야 할 마지막 이별의 길을

눈물로 젖게 만들진 않으리

너와 함께했던

모든 아름다운 추억들을

꽃으로 햇살로 별빛으로

그 길에 뿌리며 나는 너에게 말하리

사랑하는 사람아

먼 곳에서도 부디 행복하길

신의 축복이었던 사람아

너를 위해 나는 웃으며 이별하려네

그것이 너에게 줄 수 있는

마지막 선물이겠기에

그것이 너에게 줄 수 있는

마지막 사랑이겠기에

사랑하는 사람아

먼 곳에서도 부디 행복하길

마주

너는 명사名±다
충남 서천 옥순가에서 태어난
너를 모른다면
이 땅의 진정한 술꾼은 아닌 것

그러나 너의 이름에서 피어오르는
그윽한 향기가
천지간에 끝없이 퍼져 가는 건
네가 동사動詞이기 때문

너를 마주하는 일은
나를 마주하는 일
너를 마주하는 일은
사람을 마주하는 일
너를 마주하는 일은
세상을 마주하는 일이다

으레 외면하는 것들과
으레 외면하고 싶은 것들의 시선을 붙잡아

날것으로 마주하는 일이다

한 잔에 생의 웃음을
한 잔에 생의 눈물을
또 한 잔에 생의 텅 빈 충만을
기꺼이 눈앞에서 마주하는 일이다

그리하여 너는 감탄사感歎詞다
우리가 다시 한 번 뜨겁게 살아 보자고
우리의 식은 사랑을 41도쯤은 끌어올리자고

너는 이 세상 가장 맑은 기도다
너는 이 세상 가장 깊은 성찰이다

시인

전 생애가 습작이다

거북이는 한 번에 수백 개의 알을 낳지만
살아남는 것은 1%뿐

한 송이 민들레는
또 얼마나 많은 씨앗을 바람에 실려 보내는가

오늘 쓰는 시가 입문이다
이 세상 등지는 날이 등단이다

못 쓰겠네

시 잘 쓰는 법을 알려 달라
진지하게 묻기에

발로 쓰시오, 말해 주었네

손으로 쓰지 말고
발로 눈으로 귀로 코로 입으로 쓰시오

딴에는 일급 비밀을 알려 준 셈인데
그 뒤로 술 한 잔 산 적 없는 걸 보니

그 사람 참 못쓰겠네

나를 위해 쓰는 시

나를 위해 시를 쓰네

은유나 직유는 빼고
상징도 빼고
평범한 단어와 명료한 문장으로
입가에 잔잔한 미소를
눈가에 기쁨의 눈물 흐르게 만들
한 편의 시를 쓰네

보라 들어라 살아라
웃어라 울어라 살아라
사랑하라 상처받으라 살아라
당신도 인류도 그 누구도 아닌
오직 내 영혼을 위해 쓰네

나의 펜, 나의 몸이여
나의 시, 나의 생이여
써라 다시 써라 지울 수 없느니 계속 힘껏 써라

자서

봄이 좋아
봄에 태어났다

겨울이 좋아
겨울에 돌아가려 한다

그 사이의 일들은
왕관도 십자가도 아니었으니

사랑하게 하소서
오랜 날들, 별에게 기도하며 걸어왔을 뿐

III

너를 강이라 불러도 되는가

화풍병 花風病

꽃

 을

바람과 함께
가슴에 꽂아 두면 생긴다 한다

하염없이 꽃잎 떨어지는 병
분분히 흩날려 심장에 수북이 쌓이는 병
영혼이 낙엽처럼 바싹 마르는 병
호흡조차 곤란해, 이대로 죽지 싶은 병

꽃바람 부는 날 걸렸으리라
너의 향기 온 세상 뒤덮어
하늘과 땅 경계를 잃고 그저 아득하던 날

쉬이 낫지는 않겠으나 서러울 일 없겠다
오래도록 앓은 후에도
변함없이 가슴에 꽂아 두리니

바람이 심하게 불수록 더욱 잘 자란다는
바람꽃 한 송이

내 사랑 다시는 병들지 않겠다
내 사랑 죽지 않겠다

너를 강이라 불러도 되는가

한번 마음을 주면
외방향으로만 흐른다

이름조차 버리고
소금기 많은 삶도 마다치 않고

십 년 백 년
한결같이 바다로 빠져드는데

너도 그러한가, 사랑이여

밤이나 안개 짙은 날이나 얼음장 아래서나
너를 강이라 불러도 되는가

너를 사랑하는 일이 그러하였다

기도한다고
앞당겨 봄이 오겠느냐마는

너를 사랑하는 일이 그러하였다

너무 일찍 피어나
겨울 바람에 얼어 버린 꽃송이처럼

이제 곧 땅에 떨어져 바스라지겠으나

지는 날 두려워
피는 날 망설이는 꽃 있겠느냐

오직 사랑하고 기도하였으니

조금 일찍 졌으나
그 향기 부끄럽지 않았다

유배

영원히 풀려나지 못해도 좋다

섬이거나
사방이 낭떠러지거나
넘을 수 없는 높은 산으로
겹겹이 둘러싸여 있다면 더욱 좋다

죄도 묻지 않고
형기도 묻지 않고
결백조차 주장하지 않으며
숨이 끊어지는 날까지 벗어나지 않으리니

사랑이여, 내 심장의 유배지여
영원히 다시 돌아오지 못해도 좋다

동백

이즈음이었겠지
다시 만나자던 약속

문틈 사이로 얼굴 살짝 내밀고
초조히 세상을 살피더니

그 님 보았는가
활짝 문 열어젖히고 뛰쳐나온다

이즈음이었겠지
눈과 얼음 속에서도 끝내 붉게 타오르던 사랑

목포에서

이제 그만 하자, 사랑아

이곳에서는 삼백오십 리를 쉬지 않고 달려온
강도 강을 버린다

민물의 심장을 버리고
짠물의 심장을 얻어
마침내 바다 한편에 누울 곳을 얻느니

이미 오래전부터
소금물에 젖어 있던 사랑이여

오늘 나는 버리노라
내 슬픈 영광을

이별법

기껏 이름 하나
지우면 되는 일인데
풍화된 사랑이 머리만 남아 울고 있다

팔 다리 몸통
이별의 끼니로 내어 주고
이름도 없이 생몰년도 없이
움푹 꺼진 눈 껌벅거리며
도대체 무슨 강을 건너왔는지 모르겠다고

기껏 얼굴 하나
지우면 되는 일인데
뼈만 남은 사랑이 제 머리를 부숴
한 줌 가루로 사라지고 있다

이별이여, 사랑을 죽여야만 네가 살겠는 것을

별이 별에게서 멀어지듯

이별이란
사랑의 운명

별도 별에게서 멀어지니
그대라는 별 내게서 멀어져도 좋다

오직 별빛 손에 모아 기도하는 건
별이 별에게서 멀어지는 속도로
그대 내게서 멀어지기를

결국 이별도
별이 되어야 하지 않겠느냐며

어쩌면 우리의 이별도
별이 될 수 있지 않겠느냐며

잊는 일

걱정 마라
뭐 그리 어렵겠는가

흙 한 삽 뜨면 되는 일인데

별 하나 누이고
그 위에 돌 하나 덮어 주면 되는 일인데

내내 고요하시라
마지막 기도 올려 주면 그예 끝나는 일인데

돌아오는 길
평생쯤 걸리기야 하겠다마는

사랑 후

한 계절이 다른 계절에게
왕관을 넘겨줬을 뿐

무성이 앙상으로
옷을 갈아입었을 뿐

새봄에 꽃을 피워 내기 위해
겨울나무들이 눈과 얼음을
제 몸 안에 우겨 넣는 일을 할 뿐

흐린 하늘을 바라보며
지켜 주소서, 눈으로 기도할 뿐

한 사랑이 다른 사랑에게
왕좌를 넘겨줬을 뿐

입암산 벚꽃

산벚나무 가지마다
흰 꽃잎 쌓여

해마다 봄이 오면
설산이 되네

입암산 동백이
왜 사월에 피는지 묻지 마시게

흰 벚꽃 땅을 덮으면
붉은 동백 그 위에 눕는 까닭도

사랑은 적赤과 백白이 하나 되는 일임을
그대, 입암산에 가면 알 수 있으리

울산바위

왜 혼자 왔냐며
하얀 얼굴이 울상을 짓는다

바위도 흔들린다고
흔들려도 굴러떨어지지만 않으면 된다고
저 바위는 수만 수십만이 흔들어도 끄덕없는데
겨우 한 사람이 등 떠민다고 밀려나느냐고

돌아가라고
울산바위 아래 흔들바위처럼
그 사람 곁을 천년만년 지키라고

나의 얼굴이 하얀 것은
눈물로 씻은 까닭이니
너희들의 사랑도 흔들릴 때마다
눈물로 씻으라고

땅끝마을

당신도 있겠지

끝까지 가고 싶어
끝까지 왔는데
끝까지 가지 못한 사랑

땅끝에서도 사람이 살지 않더냐
하나, 둘, 셋, 열도 아니고
바위에 달라붙은 굴껍데기처럼
많은 사람들이
땅끝에서도 옹기종기 마을을 이루고 사는데
세상의 끝에선들 우리가 어찌 못 살겠느냐, 달래던

당신도 왔겠지

사랑의 끝은 아는데
이별의 끝은 어디인지 몰라
땅끝까지 찾아와 하염없이 울고 갔겠지

하늘 아래 사랑이라고

모두 이별의 끝이 있어야 하는 건

아니지 않겠느냐며

여기 땅끝에 와, 끝없는 슬픔을 묻고 갔겠지

우포에서 쓴 편지

우포를 걷다
당신을 생각했네
이보다는 더 큰 늪일 게라고
생을 돌고 있는데도
아직 다 못 돌았으니

우포거나 당신이거나
비슷하기로는
바닥까지 닿아 본 적 한 번도 없이
일생을 둘레만 돌고 있다는 것이기에
우포를 걷다
우포, 우포, 나는 울고파 울었네

이 편지 그대에게 닿지 못하리니
무연한 수면 위에
한 글자 한 글자 옮겨 적기를
우포여, 그의 사랑도 가끔은
아퍼, 아퍼, 애면글면 울먹이는가

한계령에서

서울 같은 여자야

나는 겨우 인제다

양양을 지나

동해 어느 작은 바닷마을 해변에 닿으면

너의 눈물과 나의 애태움과

그 큰 도시의 그늘 같던

어떤 사랑에 대해 몇 글자 적어 놓으려니

훗날 너도 한계를 넘는 날 있거든

잠시 차에서 내려

한계를 어슬렁거리며

동쪽에서 불어오는 바람 소리에

귀 기울여 보아라

그토록 우리가 갈망하던 것이

모두 발아래 있느니

그토록 우리가 서성이던 것이

푸른 하늘 아래 가장 푸른 것이었느니

내 생에 서울이었던 여자여

나의 사랑은 인제다

IV

목포에 오시거든

강진에서

兄,
찬란한 슬픔을 만나러 왔소
이곳에서만 자취를 찾을 수 있다기에

초가집 뒤란에는 대나무가 푸르고
마당 한편에는 동백이 홍안이오
한 뼘만 손을 뻗으면
눈 덮여 얼어붙은 서로의 얼굴을
어루만져 줄 수도 있으련만
저들도 아직 찬란한 슬픔을 기다리고 있는 게요

다시 수백 봄의 모란이 진 후에도
대나무는 내내 청청하고
동백은 내내 적적하겠지만

兄,
그날에도 우리는 돌담처럼 기다릴 테요
영랑한 슬픔의 봄을, 영랑한 햇발의 사랑을

와온 바다

울어야 할 일 없거든
오지 마라

참을 수 없는 슬픔으로
사나흘 그저 울기만 할 일 없거든
견디기 힘든 아픔으로
네가 있는 자리 눈물바다 만들 일 없거든
결코 오지 마라

와온에 오는 이는
새끼를 잃은 어미소처럼
음매음매 울어야 하느니
목숨처럼 아끼던
그 무엇 영원히 잃어버렸다는 듯
운명처럼 믿었던
그 누구 영원히 이별하였다는 듯
음매음매 사나흘은 울다 돌아가야 하느니

와온은 울어야 하는 곳

와온은 울어도 되는 곳
와온은 울어서 다시 태어나는 곳

저기 아침저녁마다
벌겋게 붉어지는 눈시울을 보라
와온 바다도 먼 길을 걸어가
혼자 울고 돌아온다 돌아와
묵묵히 다시 바닥부터 차오른다

오동도

이 섬에 무언가 있다
겨울에도 꽃을 피워 내는 힘
겨울을 봄으로 바꾸는 의지
눈보라도 축복일 수 있다는 희망이 있다

이 섬에 누군가 있다
붉은 꽃 머리에 꽂은 하얀 피부의 여인
나뭇가지 사이로 들려오는 간절한 기도
동백나무 숲을 거니는 고요한 발자국 소리가 있다

이 섬에 섬이 있다
그대, 꽃만을 보고 왔거든 다시 가서 보라
오동도 동백꽃 속에는 섬이 있다

겹겹 꽃잎 파도치는
붉은 바다 한가운데 앉아
꽃과 파도의 경전을 읽고 있느니

산다는 거 꽃만의 일이겠냐고

산다는 거 파도만도 아니더라고

오동도에는 일 년 삼백육십오 일 봄이 있다

가우도

가우도에 앉아

탐진강 낙조를 바라보며

생의 저녁을 맞을 수 있다면

내 다시는 강 건너 세상을 탐하지 않으리

이곳에서는 하루가 소걸음처럼 가고

이곳에서는 강물이 소울음처럼 우느니

가우도에 가거든

삶이 씌워 놓은 멍에 모두 벗어 버리고

여물 걱정에 여물지도 못한

영혼의 멍에마저 벗어던지고

송아지 눈망울 같은 생이나 살리

소처럼 살아온 사람아

우리 가우도에 가서는

탐진강 노을이나 붉게 써레질하며 살자

*가우도(駕牛島)는 멍에 가(駕), 소 우(牛)의 한자로 소의 멍에를 닮아 붙여진
 이름이다.

세방낙조

그냥 돌아왔네
혼자 보기는 너무 아깝겠기에

죽는 날까지 그의 바다를 노을로 물들이고 싶은 사람
마침내 손잡고 가겠네

오늘이 마지막 저녁일지도 모른다며
사랑도 언제 질지 모른다며

해와 바다,
매일 서로를 불사르는 곳

완도 구계등

아홉 개의 계단을
온종일 바다가 오르내리며
쏴르르쏴르르 웃음보 터뜨리는 곳

팽나무 아래 앉아
청해를 바라보며
깨진 돌조각 같은 날들 만지작거리면

– 모나게 살 거 없어, 웃으며 살아

큰 돌, 작은 돌, 흰 돌, 검은 돌
푸른 햇살을 얼굴에 반짝이며
일제히 빙그레 웃는 섬

뾰족했던 마음
몽돌로 만들어
따뜻이 돌려보내는 섬

*완도(莞島)라는 지명에서 완은 '빙그레 웃음'의 뜻을 지니고 있다.

하동포구

사람아,
우리가 저처럼 돌아가자

지리산이 큰 숨 참았다 내쉬는
봄바람에 벚꽃 매화 난분분할 때

세상 일 홀가분히 잘 마쳤노라
돛도 없이 노도 없이
하동포구 팔십 리를
두둥실 떠내려가는 흰 꽃배들처럼

사람아,
우리가 저처럼 섬진강으로 가자

쌍계사 부처님
녹차 드시러 슬며시 산 내려와
온 김에라며, 남해대교 일몰 기다릴 때

사람아,

누구 하나, 세상 한 곳

저녁노을보다 곱게 물들이고

우리가 하등의 설움도 없이 바다로 흘러가자

하동에서 쓰는 편지

아우야,
나는 너무 긴 세월을
허둥거리며 살았구나

이번이 막차라는 듯
놓치면 다시는 올라탈 수 없다는 듯
허둥지둥 살았구나

이제사 돌아보면
생의 모든 걸음이 허방인 것을
한 발도 헛디디지 않겠다며
두 눈 부릅뜨며 살았구나

아우야,
나는 이제 남은 날들을
하동거리며 살련다

지리산 기슭에 누워
벚꽃 매화 이불 덮고

섬진강 모래톱에 앉아
무너져도 슬픔 없을 성을 쌓다
저녁 무렵 남해로 걸어 들어가는 해를 보며
한 수 잘 배웠네, 술잔 기울이련다

평사리 들녘이
금빛에서 은빛으로 바뀌는 날
지난 봄 갓 딴 찻잎을 끓여 마시며
하동포구 눈 쌓이는 소리에 흠뻑 취해

아우야, 우리가 한번은
하동거리며 살아야 하지 않겠느냐

에말이요

에말이요,
목포는 1897년, 우리 스스로 개항한
최초의 국제무역항이요
노령산맥 마지막 봉오리
유달산이 기품 있게 솟아 있고
350리를 달려온 영산강이
서해로 흘러드는 관문이라오

에말이요,
목포는 문학과 예술의 도시요
박화성의 소설, 김우진 차범석의 희곡,
김현의 평론과 이난영의 노래
낭만열차1953에서 오늘도 꽃 피어난다오

에말이요,
목포는 맛의 성지요
세발낙지, 홍어삼합, 갈치조림,
병어회, 우럭지리, 준치무침,
민어회, 아귀찜, 꽃게무침,

보기만 해도 꿀꺽 입맛이 당기는
목포 9미는 목포의 자랑이라오

산과 바다, 강이 모두 있는 도시
근대와 현대, 미래를 함께 느낄 수 있는 도시
맛과 멋, 정이 골목마다 가득한 도시

에말이요, 목포가 바로 거기랑께

유달산에는 말들이 모여 사네

유달산에는
말들이 모여 사네
호랭이 같은 말 여우 같은 말
토끼 같은 말들이 함께 어울려 사네

다순구미 뒷개 조금새끼
시아바다 깡다리 감태 해우

워매, 당최 이게 무슨 소리당가
그대 알고 잡거든
유달산 둘레길 한 나절만 걸어 보게

목포시사 담벼락에 기대어 시 한 편 듣고
달성사 범종 소리에 두 손 모으고
낙조대 정자에 올라 서해 일몰 바라보게
그러면 그 말뜻 알게 되리니

유달산은 어머니의 젖가슴
목포를 먹여 길렀네

사람도 말도 모두 그곳에서 자랐지
율동바위 이동바위 젖꼭지 물고

에말이요 얼척없다 아심찮다
어민마을 보리마당 콩나물동네 옥단이길
옹기종기 모여 앉아 서로 등 긁어 주며
목포의 혼은 유달산에 깃들어 사네

목포에 오시거든

목포에 오시거든
유달산 일등봉 이등봉에 올라
시아바다 바라보며 소리치시오
인쟈 내는 등수랑은 그만 집어치울라요

목포에 오시거든
영산강에 해 떨어질 무렵
갓바위 귀에 대고 넌즈시 속삭이시오
인쟈 내도 갓 쓰고 지팽이 짚고 세상이나 떠돌라요

목포에 오시거든
평화광장 어슬렁어슬렁 거닐다가
아무 데서고 넋없이 앉아 한나절 게으르시오
그러니께 입때까정 내가 전쟁터에 있었단 말이요

아무래도 사정이 그리 되지 않거들랑
홍삼합에 막걸리 한 잔은 꼭 자시오
세상의 모든 목숨
오래 삭을수록 향이 점점 강해지는 법이니

생의 일들이 못 견디게 힘들 때

훌쩍 목포로 떠나오시오

목포에 오시거든

그대의 눈물과 상처

뼈까지 푹 삭히고 흔적도 없이 돌아가시오

절물

그때 가리라

천 년을 산
고목나무처럼 느껴지는 날

묵은 피를 모두 빼낸 후
맑고 깨끗한 피로
몸 안 가득 채우고 싶은 날

푸른 이끼를 비옷처럼 입고
원시의 신전 기둥처럼 서 있는
삼나무 숲을 지나

이제 막 태어난 연둣빛 잎들이
얼굴에 빗방울 떨어질 때마다
일제히 까르르 웃음 터뜨리는
너나들이길을 지나

안개 속에 몸을 숨긴 새들이

빗소리에 화음을 맞추며
생의 기쁨을 노래하는
생이소리길을 지나

4월의 어느 비 오는 날
절물오름에 오르리라

한 호흡 한 호흡
태고의 향과 색, 소리를
영혼 깊이 들이마셔

마침내 그 숲에서
새 살과 새 피와 새 뼈,
새 목숨 하나 얻어 돌아오리라

절물,

신들의 보람이여!
지상의 위안이여!

비양도

잊어야 할 사랑 있다면
비양도에 가서 잊겠다

삼십 분이면
한 바퀴를 돌아
시작한 곳으로 다시 되돌아올 수 있는 섬

십오 분이면
가장 높은 곳까지 올라
가장 먼 곳까지 한눈에 바라볼 수 있는 섬

비양도에서라면
제아무리 가슴 먹먹한 이별도
해변에 썰물 한번 빠지는 일처럼 쉬우리

그러나 비양도는 신비의 섬
일생을 떠나지 않고 머물러 살아도
그 넓이와 깊이와 높이를 알 수 없는 섬

아침이면 왼쪽에서 해가 뜨고
저녁이면 오른쪽으로 해가 지는
비양봉에 올라
몸을 날려 버릴 듯 불어오는
큰바람 속에 서면 알게 되리니

사랑의 왼쪽 얼굴은 일출이요
사랑의 오른쪽 얼굴은 일몰이라는 것을
섬은 바다를 떠나 살 수 없다는 것을

머리로는 잊었는데
가슴으로는 잊을 수 없는 사랑 있다면
비양도에 가서 사랑하겠다

비양도 하나 가슴에 품고
다시 돌아오겠다

차귀도

행여 내가 잠적하거든
여기인 줄 알아라

품 안에 들어온 배는
결코 돌려보내지 않는다는 섬
사람은 살지 않고
흰 등대 홀로 시무룩하게 서 있는 섬
그곳에서 태풍도 아랑곳 않는
대나무처럼 살아 보련만

높은 파도 무섭게 밀려드는 밤
등대마저 잠이 들고 별빛만이 처연할 때
행여 숨죽여 우는 소리 들리거든
아직도 뭍 같은 사람 하나
사랑하는 줄 알아라

기척도 없이
사랑도 삶도 잠적해 버려
문득 그대 서러워 우는 날
행여 차귀도로 찾아올 줄 알아라

광치기해변

내 살아 무엇에 미쳐 보았나
은근슬쩍 스스로에게 물어보기 좋은 곳

제주라는 섬의 동쪽 끝
광치기해변 허름한 식당에서
한라산을 마신다

아, 나는 얼마나 넓고 높은 것이냐
한라산을 통째로 몸 안에 넣고도 끄떡없다니

치기 어린 생각 파도처럼 밀려오니
저녁 바다에 해 내려앉듯
술잔 쑥쑥 목구멍으로 넘어가는데

너 살아 무엇에 목매어 보았나
광치기해변은 대놓고 물어
밤새 한라산이 몸속에서 나를 찔렀다

미쳐야 하는데 미치지 않거나

미칠 것 같은데 미치지 않는 날

광치기해변으로 가자

한라산 두세 개 몸 속에 품으면

혹시 아는가, 다시 화산

껄껄껄 광인의 웃음 지으며 폭발하려는지

비자림

그 숲에서는
백 년 묵은 침묵도
침묵이 아니라기에
비자나무에게 말 배우러 간다

일 년에 한 번씩
끝내 내뱉지 않은 말들을 모아
나무들은 몸 안에 나이테를 새긴다는데
비자榧子나무는 비(非)를 잎에 새긴다지

촐랑촐랑 작은 새들이
나뭇가지를 옮겨 다니며
무슨 말이든 한 마디 들어 보려 조르지만
천 년 묵은 고요도 고요가 아니라며
끝내 입 한 번 벙긋하지 않는
무언의 숲을 거닐다
홀로 헤아려 듣기를

비자림에 왔거든

입은 두고 귀만 갖고 돌아가라고
사람도 입만 없었다면
큰 나무가 되었을 거라고
너희들의 영혼, 넓고 깊은 숲이 될 게라고

제주도

아물지 않는 상처 없다지

그 섬에서 한 달을 살면
멈추지 않는 눈물 없고
용서하지 못할 사람 없다지

협재와 함덕서우봉의
미친 물빛에 넋을 잃고
절물과 비자림의
수천 년 고요에 마음을 뺏기면
그 섬에서는 느닷없는 울음이 쏟아져
터질 듯 행복에 젖는다지

한라에 올라
제주를 내려다보면
섬으로 사는 것도 그리 나쁜 일만은 아니라고
마침내 차귀도에 이르면
산다는 게 결국
홀로 우뚝 섬 하나 되는 일이라고

그 섬에서 한 달을 살면

죽은 나무에도 꽃이 핀다지

이제 남은 날들은 깊고 푸르게 살리라

성산 일출봉에 해 떠오르듯

가슴에 붉은 햇살 활활 타오른다지

너의 슬픔에 입 맞춰준 적 있는가

초판 1쇄 발행 2023년 8월 16일
지은이 양광모
펴낸이 김선기
펴낸곳 (주)푸른길
출판등록 1996년 4월 12일 제16-1292호
주소 (08377) 서울시 구로구 디지털로 33길 48 대륭포스트타워 7차 1008호
전화 02-523-2907, 6942-9570~2
팩스 02-523-2951
이메일 purungilbook@naver.com
홈페이지 www.purungil.co.kr

ISBN 978-89-6291-064-3 03810